Heksje Lilly

geeft een feestje

Heksje Lilly

Heksje Lilly en het toverboek

Heksje Lilly en de vampier
met wiebeltanden

Heksje Lilly geeft een feestje

Heksje Lilly en de rare ridder

Heksje Lilly

geeft een feestje

Knister

Tekeningen: Birgit Rieger

KLUITMAN

NEDERLANDSE
KINDERJURY
2007

Nederlandse vertaling en bewerking: Merel Leene
Illustraties: Birgit Rieger
Omslagontwerp: Design Team Kluitman
Dit boek is gedrukt op chloorvrij gebleekt papier,
dat vervaardigd is van hout uit productiebossen.

Nur 282, 287/SC020601
© MMVI Nederlandse editie:
Uitgeverij Kluitman Alkmaar B.V.
© MMIV Arena Verlag GmbH, Würzburg
Oorspronkelijke titel: *Hexe Lilli feiert Geburtstag*

www.kluitman.nl

BIJ KONINKLIJKE BESCHIKKING
HOFLEVERANCIER

Dit is Lilly

Lilly heeft een boek.

Een heel bijzonder boek.

Het is een toverboek!

Het lag opeens naast haar bed.

Zomaar.

In het boek staan toverkunsten.

En super trucs voor heksen.

Ook in dit boek lees je veel spreuken.

Maar: pas op…

Zeg ze niet hardop!

Want als je één woord fout zegt...
Zzzwoesj!
Je borstel wordt een heksenbezem.
Je meester wordt een boze schurk,
en ijs op een stokje een zure augurk.

Niemand weet van het toverboek.
Lilly is echt een geheime heks.
Alleen Leon heeft het boek wel
eens gezien.
Hij is Lilly's kleine broertje.
Ze moet vaak op hem passen.
Dat vindt ze niet zo leuk.
Maar ach, soms is hij ook wel lief...

Moeilijke sommen

Leon is bijna jarig.

Nog twee weken.

Hij kan haast niet wachten.

Wel drie keer per dag vraagt hij aan Lilly:

'Hoe lang duurt het nog?

Wanneer ben ik jarig?'

Lilly wordt er gek van.

Daarom geeft ze steeds maar

een raar antwoord.

'Het duurt nog...

driehonderd keer gapen!

Dan ben je jarig.'

Of:

'Het duurt nog...

dertig broodjes eten.'

Of:

'Het duurt nog...

honderd keer naar de wc gaan.

En nog acht en twintig keer

je tanden poetsen.'

'Poe,' zegt Leon.

Zo ver kan hij nog niet tellen.

En rekenen kan hij ook niet.

Maar Lilly heeft haar doel bereikt.

Leon sjokt naar zijn kamer.

Hij loopt druk te tellen.

Even later komt
Lilly's moeder.

Ze heeft een brief
in haar hand.
En ze kijkt heel bezorgd.
'Lilly,' zegt ze met een zucht.
'Ik heb raad nodig.'
Lilly is trots.
Haar moeder vraagt haar om hulp!
'Wat is er aan de hand?'
vraagt ze.

Lilly's moeder gaat naast haar zitten.

Op de rand van het bed.

Ze geeft de brief aan Lilly.

Lilly leest snel wat er staat.

Dit staat in de brief:

Haar moeder mag naar een cursus.

Het is voor haar werk.

De cursus is over twee weken,

in het weekend.

Lilly snapt het niet.

'Wat is nou het probleem?'

Haar moeder zucht.

'De datum!

Kijk eens naar de datum.'

Lilly's moeder klinkt wanhopig.

Lilly fluit tussen haar tanden.

Nu ziet ze het ook...

De cursus van haar moeder

is op Leons verjaardag!

Op die dag wil hij een feest geven.

Een groot feest, voor al zijn vrienden.

12

Wat een pech.

Lilly's moeder kreunt.

'Hoe kan dat nou?

Het lijkt wel tovenarij.

Juist op die dag!

En ik had zo'n zin in die cursus.'

Ze vouwt de brief weer op.

'En papa is er ook niet.

Die gaat voor zijn werk op reis.

Wat moet ik nu?'

Lilly aait haar moeder over de arm.

Ze wil graag helpen.

Maar hoe?

Er is geen oplossing.

Het lijkt echt wel tovenarij.

Een van de twee heeft straks pech.

Mama, omdat ze niet naar de cursus kan.

Of Leon.

Omdat zijn feest niet doorgaat.

De redding

Lilly denkt hard na.

Dan krijgt ze een idee

'En tante Ellie dan?' vraagt ze.

'Kan die niet komen?'

Haar moeder knikt.

'Ik heb tante Ellie al gebeld,' zegt ze.

'Ze wil wel op jullie passen.

Maar Leons feestje...

Dat kan ik haar niet aandoen.'

Daar heeft Lilly's moeder gelijk in.

Tante Ellie is wel aardig.

Maar niet erg geschikt voor feestjes.

Tante Ellie heeft zelf geen kinderen.

Ze weet er echt niks vanaf.

Tegen Lilly en Leon doet ze net

alsof ze nog steeds baby's zijn.

Vorig jaar nog.

Toen gaf ze Leon een rammelaar.

Voor een baby!

Gewoon.

Omdat ze hem 'zóóó lief' vond!

Leon heeft er een katapult van gemaakt.

Je kunt er nu propjes mee schieten.

Hij heeft wel gewacht tot tante Ellie
weg was.

Toen pas heeft hij het ding geknutseld.

Als ze het wist...

Lilly heeft een idee.

'Als tante Ellie nou oppast.

Dan geef ik het feestje wel!'

Haar moeder twijfelt.

'Tja, ik weet het niet...'

Lilly's moeder schudt haar hoofd.

'Ik weet het wel!' vindt Lilly.

'Ah, toe nou.

Ik kan het best,' zeurt ze.

'Het gaat heus wel goed.'

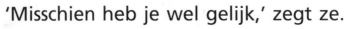

Haar moeder denkt na.

'Misschien heb je wel gelijk,' zegt ze.

'Het gaat alleen om de middag.

Dan is het feestje.

's Avonds ben ik er weer.

En als Ellie oppast...'

'Ja!' roept Lilly blij.

'Ik verzin de spelletjes

voor Leon en zijn vrienden.

En dan bak jij een taart.'

Haar moeder geeft toe.

'Dat klinkt nog niet zo slecht.

Laten we het maar proberen.'

Nu is er nog één vraag.
Wat vindt Leon van het plan?
'Kom!
We vragen het gelijk,' zegt Lilly.
'Hij mag het zeggen.'

En wat zegt Leon?
Natuurlijk zegt hij ja.
Als hij maar een feestje mag geven!
Dus dat is afgesproken.

Varkens die dansen

Lilly heeft nu echt geen rust meer.

De hele tijd valt Leon haar lastig.

Hij stelt wel honderd vragen.

'Heb je al wat bedacht?

Wat gaan we doen op mijn feestje?

Welke spelletjes?

Is het iets spannends?

En gaan we ook pannen meppen?'

Dat is een spel.

Leon heeft het bij een vriendje gedaan.

En nu wil hij het op zijn eigen feest.

'Ik mag het zeggen,' roept Leon.

'Want ik ben het feestvarken!'

Lilly verliest bijna haar geduld.

'Je ziet het vanzelf,' zegt ze.

'Het wordt een verrassing!'

Maar Leon houdt niet op.

'Doet tante Ellie ook mee?

Met welk spel dan?'

Nou heeft Lilly er genoeg van.

'Bij het spel: tante tillen!'

zegt ze kattig.

'We doen wie tante Ellie het hoogst

kan optillen.'

Liet Leon haar maar met rust...

Maar nu wil hij nog

veel meer weten.

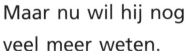

21

Leon zet grote ogen op.

'Huh?

Tante Ellie optillen?

Maar, eh...

Dat lukt nooit.

Ze is zo zwaar.'

Lilly lacht.

'We zijn met zijn achten.

Als iedereen net zo sterk is als jij...

Dan gaat het vast wel.'

22

'Wauw,' zegt Leon blij.

'En dan?

Wat doen we als ze is opgetild?'

Lilly grijnst.

'Nou, verzin zelf maar.

We gaan zingen.

Voor het feestvarken.

En we feesten.

En we dansen.

Allemaal.'

Leon zet grote ogen op.

'Echt allemaal?'

Lilly knikt.

'Zelfs mijn knuffels?'

'Tuurlijk!' roept Lilly vrolijk.

Ze grijpt haar broer bij de arm.

Ze danst met hem de kamer door.

Lilly gaat nog even door.

'We tillen tante Ellie in de hoogte.

We meppen op de pannen.

En we laten de knuffels dansen.

Dat wordt pas een feest!'

Leon is niet meer te houden.

Hij rent snel naar mama.

Zo'n mooi feest heeft hij nog nooit

gehad.

Een feest met dansende knuffels!

Hij stormt de keuken in.

Even later komt hij terug.

Met mama.

'Wat heb je Leon nou weer verteld?'

vraagt ze.

'Wat een onzin!'

'Wie? Ik?' vraagt Lilly onschuldig.

Ze trekt een verbaasd gezicht.

'Nou, zeg het dan,' zegt Leon tegen
zijn zus.
'Zeg wat we met tante Ellie gaan doen.'
'Met tante Ellie?'
Lilly doet alsof ze er niks van snapt.
'Zeg het nou!' dringt Leon aan.
'Dat we tante Ellie gaan meppen.
En die pannen tillen.'
Leon springt op en neer.
'We vieren feest met de knuffels.
En we dansen met de varkens!'

Nu moet ook Lilly's moeder lachen.
Leon haalt alles door elkaar.
'Jij bent heel wat van plan, Lilly.'
Ze glimlacht.
'Wacht maar af,' zegt Lilly.
'Jullie zullen nog eens wat zien!'

De verrassing

Vandaag is het de grote dag.

Van zijn ouders krijgt Leon een fiets.

Hij staat in de keuken.

Naast de ontbijttafel.

Aan het stuur zit een grote rode strik.

Dan belt zijn vader om Leon te

feliciteren.

Leon straalt.

Lilly doet geheimzinnig.

'Mijn pakje krijg je pas op het feest.'

En wat krijgt hij van tante Ellie?
Een hobbelpaard!
Gelukkig mag Leon het ruilen.
Hij weet al waar voor.
Echte skates!

's Middags komen Leons vrienden.

Ze hebben er zin in.

Alleen tante Ellie niet.

Bij de deur vangt ze alle gasten op.

Ze stuurt ze naar de badkamer.

'Eerst je handen wassen.

En netjes je haren kammen.

Anders stuur ik je weer terug.'

'Nietes!' roept Leon.

'Dat mag niet!'

'Dat maak ik wel uit,'

zegt tante Ellie.

'Ik pas op, vandaag.

Het moet hier wel netjes blijven.'

Dan loopt ze alvast naar de kamer.
Ze dekt de tafel voor de taart
en limonade.
Lilly probeert Leon op te vrolijken.
Ze deelt toeters uit.
Er zijn ook slingers.

Super!
Iedereen krijgt er weer zin in.
Slingers vliegen door de lucht.
Er wordt gelachen en getoeterd.
Het is een vrolijke boel.
Tot tante Ellie opnieuw ingrijpt.
'Wat een bende is het hier!
Het lijkt wel een varkensstal.
En al dat lawaai...
Stop daar nu meteen mee.
Wat zullen de buren denken?!'
De kinderen kijken elkaar sip aan.

'Ja maar...' stamelt Lilly.

Tante Ellie valt haar in de rede.

'Geen ja maar.

Er wordt nu eerst

opgeruimd.'

Zo vindt Leon er niks aan.

Dit is toch geen

echt feest!

Hij stampvoet

van woede.

Lilly is haast nog kwader.
Wacht maar, denkt ze.
Snel gaat ze naar
haar kamer.

Ze bladert door haar toverboek.
Als ze nou eens...
Daar!
Die spreuk is misschien wat.
Bij de letter T van Tante vindt ze dit:

Last van een Tante met Treiterzucht?
Nee heks, sla maar niet op de vlucht.
Zeg deze spreuk – en hupsakee.
Die Tante doet vandaag niet mee!

Lilly leest de spreuk een paar keer.
Tot ze hem uit haar hoofd weet.
Dan rent ze terug.
Tante Ellie raast door Leons kamer.
Ze lijkt wel een kip zonder kop.
Ze zwaait met een bezem in het rond.
'Tante Ellie, kom eens.
Ik wil iets laten zien,' roept Lilly.

Tante Ellie loopt achter Lilly aan.
Ze gaan naar haar moeders slaapkamer.
'Wat is er nu weer?' vraagt tante Ellie.
Snel mompelt Lilly de toverspreuk.

ZZZWOESJ!!!

Tante Ellie valt in een diepe slaap.

Het grote feest

Nu kan het feest echt van start gaan.

'Wat gaan we eerst doen?' vraagt Lilly.

'Pannen meppen!' brullen de kinderen.

'Goed.

Let maar eens op.

Dan zul je nog eens

wat zien.'

Leon mag eerst.

Lilly doet hem een

blinddoek voor.

In een hoek van de

kamer zet ze een pan

op zijn kop.

Haar pakje legt ze er onder.

Het is een klein spaarvarken.

Leon krijgt een houten lepel.

Nu moet hij de pan zoeken.

'Zet hem op, Leon!'

roepen zijn vrienden.

Leon kruipt door het huis.

Met de lepel slaat hij om zich heen.

Zo probeert hij de pan te vinden.

Lilly loopt achter hem aan.

Dat is maar goed ook.

Nog net vangt ze een dure vaas.

Ook redt ze een grote plant.

Langzaam komt Leon dichter bij de pan.

'Je wordt warm.

Warmer!

Heet!

Gloeiend heet,' roepen
de kinderen.

Lilly roept niet mee.
Ze fluistert iets.
Wat fluistert ze dan?
Een toverspreuk!
En zzzwoesj!
Van onder de pan springt
een biggetje te voorschijn.

Een echt,
levend varken!

Leon en de anderen
gillen van pret.
Ze rennen achter de big aan.
Allemaal willen ze hem aaien.

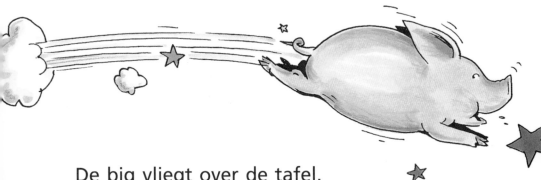

De big vliegt over de tafel.
Achter een stoel langs.
Onder de bank door.
Al snel lijkt het huis
echt een varkensstal.
Lilly krijgt het benauwd.
Als er maar niks stuk gaat!
Ze wil haar moeder niet teleurstellen.

'Niet zo wild,' roept ze.
'En doe eens wat zachter!'
Maar niemand hoort haar.
Ze rennen wild door het huis.
Het gaat er steeds woester aan toe.
Hier helpt maar één ding, denkt Lilly.
Tovenarij!
'Kom op!' roept ze
heel hard.
'Nu gaan we dansen!
Allemaal!
Ook de knuffels.'

En wat is dat?

De knuffels in Lilly's kamer dansen echt!

De kinderen doen gelijk mee.

Ze pakken elkaars handen beet.

De knuffels nemen ze tussen hen in.

Zo dansen ze in het rond.

Dan gaat de bel.

Lilly schrikt.

Ze kijkt op de klok.

Zo laat al!

Dat zijn vast de eerste ouders.

Die komen hun kind halen.

De kinderen dansen gewoon verder.

Met de knuffels.

Snel jaagt Lilly de big

de slaapkamer in.

Dan rent ze naar de deur.

Ze doet open.

'Daar ben ik al weer!'

roept haar moeder.

O nee, denkt Lilly.

Ze is veel te vroeg

thuis!

Wat nu?

Samen lopen ze de kamer in.

'Wat ziet het er uit...' zegt haar moeder.

Lilly begint te stotteren.

'Ja...

We gingen...

Omdat...'

Maar daar komt Leon aan.

'Mama! Mam!

Lilly is de beste zus van de wereld.

Het is een super feest!'

'Waar is iedereen?' vraagt zijn moeder.

Leon springt blij op en neer.

'Die dansen met de knuffels!'

43

Ze gaan naar Lilly's kamer.
Haar moeder kijkt verbaasd om
zich heen.
Nog steeds dansen de kinderen door
de kamer.
Ze merken niet dat Leons moeder er is.
En dat de knuffels al lang niet meer
mee dansen...
Daar heeft Lilly voor gezorgd.
Leon vertelt over het super feest.
Maar Lilly sluipt naar de slaapkamer.
Ze moet nog iets doen.
Leon vertelt maar door.
Hij is niet meer te stoppen.

'We hebben met de knuffels gedanst!
En pannen meppen gedaan.
En weet je wat er onder de pan zat?
Een echt varken!
Kom mee.
Dan laat ik het zien!'
Leon trekt zijn moeder mee.
Ze gaan ook naar de slaapkamer.
Daar wordt tante Ellie net wakker.
In haar hand heeft ze een klein
spaarvarken.
Leons moeder ziet tante Ellie gapen.
Ze denkt:
Ach, als Ellie zelfs kon slapen...
Dan was het vast niet zo heel erg.

Ze lacht.

'En je tante heeft het varken gevangen.'

Leons mond valt open.

Snel duwt Lilly hem het varken
in zijn hand.

'Kijk. Dit krijg je van mij.

Pas op.

Hou goed vast.

Laat hem niet weer

weg rennen!'

Leon vraagt: 'En... en...

Ik...

Wanneer is er weer

een echt varken?'

Lilly knipoogt naar haar moeder.
'Nou, de volgende keer.
Dan mag je weer pannen meppen.
En dansen met de knuffels.
En dan ben je weer een feestvarken!'
Haar moeder geeft Lilly een aai over
haar hoofd.
'Fijn, dat alles zo goed ging.
Dank je wel, Lilly.'

Nou ja,
als ze eens wist...